KB160166

이상익의

시
적
사
유

나는 나에게 순수하지 못하였다

내가 신앙하는 하나님에 대해서도

부대끼며 살아가야 할 이웃에 대해서도

피맺힌 조국의 역사와 이 사회현상에 대한 대응자로서의 나도

특히 평화없는 이 땅에 대해서도---

나는 나를 버리지 못하였다

내가 없음으로 인해

내가 존재한다는 진리를 깨닫지 못하였다

참 나는 지금껏 없었다

잃어버리고 잊어버린 나

참 나를 찾고 싶다

시
적

사
유

사유의 숲으로
들어간다는 것은

세상은 제 빛을 잃어가고 있었다. 언론은 의미 없는 말만 끝없이 늘어놓고 정치는 언제 제자리로 돌아올 지 답이 없었다.

나도 어느새 모든 것이 귀찮아지기 시작하였다.

생각한다는 자체가 우습게 되어버린 현실은 나를 더 깊은 수렁으로 끌고 들어가고 있었다.

나는 탈출을 시도하였다.

사유의 숲으로 깊이 들어가는 것, 이것만이 나를 나 되게 하는 길임을 알게 되었다. 다행히 나에게는 노을과 더불어 끝없이 맞닿아있는 둑길과 맨발로 걸을 수 있는 강가의 황톳길과 새벽을 깨우는 고분 산책길과 나의 친구들인 '호호'와 '아롱이' 그리고 매일 벌레 잡아주는 텃밭이 있다. 어느새 이들은 나의 스승이 되어있었고 사유의 샘이 되었고 길이 되어 있었다.

나는 그들이 가르쳐 순 바를 머리에 담고 기록하고 읊조리면서 내 속에 나만 가득하여 아무것도 보이지 않았음을, 주위의 것에 귀찮아하였음을, 사회현상에 모른 척 하였음을, 그러면서 나의 성을 더 높이 쌓아나가고 있었음을 발견하였다.

사유함이 없는 지금 건조한 일상은 내 개인을 넘어 우리 사회 곳곳에 넘쳐난다.
사유함이 없는 자는 죽은 것이고 사회도 그러하다.

내가 있는 한, 참 나는 없다.
나는 이 책을 통해서 나를 다시 찾아보려고 한다.

2015. 11. 함안군 대산 〈새길동산〉에서

이상익

1부-나에게 묻다

2부-자연이 답이다

3부-사유의 길

4부-같이 걸어가기

1부

나에게 묻다

실종된 순수

시인이 되었다
시인들이 모여있는 단체에 갔다
거기엔 시인이 한 명도 없었다

나도 시인이 아니다

정상

정상에 올라보라
거기엔 허전함이 너를 맞으리
2% 부족한 것,
그게 바로 너의 정상이 되어야

인간(1)

네가 개나 고양이보다 낫다는 증거를 대어 보라
때때로 가끔이 아니라
90%이상의 행동거지가
그들보다 못함을 증명하고 있지 아니한가

분노

무엇에 대한 분노인가

과녁이 잘못되면
넌 죽으리

미움

밉다고?
아직 사랑이 남았네

가족

행복의 원천이다

그러나
너무 함몰되지는 마라

돈

필요하나 독이다

이미 나는 독을 마셨다

밥(1)

네 것이 아니야

왜 혼자 쳐 먹냐

그 밥 같이 먹을 자가 주위에 쫙 깔렸는데

개

언젠가 개가 말했다
'너는 자식이 없느냐?'
아, 나는 장난으로 새끼를 찼었는데
어미에게는 고통이었구나

미물

이 지구 위에는 천만 종 이상의 생물이 있다
천만 분의 일인 나

그동안 내 본분 모르고 까불었네

삶

전쟁?

환희?

그건 전적으로 너의 몫

인간(2)

인간의 내면엔 여러 가지가 있다

돈, 명예, 복수심, 정의감, 질투, 용서, 다툼, 사랑, 겸

손, ---

하나만 찾으라고 한다면 여기엔 답이 없다

그 답은

'욕망'이란 괴물이다

공동체의 꿈

나의 꿈은 깨어지고 말았다
모든 이는 내 맘 같지 않았다
세상은 자신의 생활을 드러내는 것을 죽기보다 싫
어하였다

허허(虛虛)

한 손 가득 또 한 손 가득
움커잡고 또 잡아보라
뱃 속 기름 채우고 더 채워 보라
그럴수록 허허
결국 너는 개 뭐도 아님을 알지니

22

성(性)과 성(聖)

원수까지도 사랑할 수 있는가
그렇다면 그대의 성(性)은 성(聖)이다

핑계

TV를 바보상자라 말하지 마라
바보 된다는 것 알면서
코를 박고 있는 너가 바보일 뿐

어떻게 살 것인가

해가 지면 다시 오지만

내가 지면 다시 못 온다

잘 살아야 한다

잘 살아야 한다

인격

사회가 타락할수록

개인이 타락할수록

인격의 주소는 쓰레기통이다

몸뚱어리

내 몸은 내 것이 아님을 알 때
참된 몸을 소유하게 된다
공적 용기로써의 나의 몸

나는 그렇게 살고 있는가

선(善)

'선'이라지만
솔직히 인간은 위선(僞善)을 더 많이 가지고 있다
그 배경에는
'탐욕'이라는 마귀가 앉아있다

죽는 길

합리가 극대화되면 개인으로 간다
개인이 극대화되면 이기(利己)로 간다
이기가 극대화되면 욕심만 남아
너는 결국 죽으리

착각

"시가 좋아 당신과 사귀고 싶어요"
소녀여, 소녀적 감성으로는 세상을 못 본다
그대가 세상을 몰라도 한참 모르는구나
작금의 시인에게 낭만을 요구치 말라
이놈의 현실이 생각보다 녹록치 않다

그런데 왜 이리 슬프지 소녀야

시(詩)는 죽었다

시인이 붓을 꺾는 사회
사방팔방 자본의 춤이
시인을 목 조르고 있다

중립

중립을 핑계로
불의에 침묵하지 말 것
이건 비겁하고 위선의 길
결국
악의 편에 서게 되므로

내 모습

등 굽은 할아버지
홀로 어딜가시나

20년 뒤 내가 저만치
걸어가고 있네

인사동에 가면

인사동에 가면

시인 천상병의 아내가

남편 냄새 그리워

〈귀천〉이란 주막 같은 밥집을 하고 있었는데 근자

에 들렀다가 허탕쳤다

그의 짝 목순옥도 시인 곁으로 가버렸기 때문이다

인사동 거리는 잡화상 천국이고

낭만은 서서히 죽어가고 있었다

사람 대접

'사람이 꽃보다 아름답고'
'사람만이 희망'이라지만
어데 사람을 개 만큼이라도 대접하는가

나는 지금 저들이 짓뭉개고 간 쌍용자동차 대책위
빈소 앞에 고개 숙이고 있다

군상들-부나비

칠흙같은 어둠 속
내 방만 불빛이다
타다닥 타다닥
밤새도록 방충망을 찾아드는 수많은 곤충들

폭풍 한설 먹구름에는 모습 감추고
꽃피고 열매맺는 불빛만 찾아다니는 저 군상들

지금도 권력의 방충망을 사력 다해 달려드는 저 군
상들 모습

색깔

모든 만물은 자기 색깔과 자기 목소리를 지녔다

나는 어떤 색깔과 목소리를 지녔나

용서

정말 무서웠다

그 어둑한 지하 감방엔

저벅거리는 군화발과

촉수 잃은 천장의 전깃불

퀴퀴한 곰팡이 냄새

그리고 비명소리와 피비린내

죽임 당해도 끝인

저 서빙고 보안대 지하 감방에서의 고문

'반드시 복수하리라'던

나의 맹세는

이제 용서로 끝났다

내가 이겨야 하므로

쓰레기

음식 쓰레기, 썩어서 생태계를 살찌우지만

인간 쓰레기, 그건 그냥 쓰레기다

길

원래 길은 없었다

전에도 지금도 앞으로도---

길은 먼저 걸어가는 자의 것이다

빈 무덤

박경리의 무덤에서
훌훌 털고 내려놓는 겸손 하나 배운 후
내 그림자 하나 벗 보시 드리고 오다

이가락(離家樂), 귀가락(歸家樂)

집 떠나보는 즐거움
집 돌아가는 즐거움

우린 나그네면서 누군가의 품이 그리운 존재

죽은 사회

인문학적 사고가 날로 귀찮아져 간다
아, 나도 이제 다 됐나 보다

산다는 의미

산다는 의미가 뭔가
어디에서 삶의 의미를 찾는가

저 길거리 삐삐 말라 비틀어진 고양이에게
고기 하나 주는 것
굶주림에 힘겨운 이웃에게 가는 것

김남주

이른 아침,

안치환의 〈자유〉를 듣는다

1979년 12월 그 혹독한 날

서울구치소에서 만난 그를 이 아침에 다시 만난다

지금껏 그저 살아온 나날,

남주형은 안치환을 보내 나를 후려치고 있다

인간됨의 조건

저 밑바닥까지 떨어져 보라

그러기 전에 '나는 인간이다'라는 말을 하지 마라

자기혁신

'나'라는 알 속에 갇혀있다면
나에게 혁명은 없다
혁명이 없는 한
나는 나 됨을 잃어버릴 수 밖에

현재

과거는 지나간 것
미래는 아직 오지 않은 것
답은 바로 지금, 이 순간이다

후회

정상에 서 보면
출발지가 보인다

조금 더 빨리 사람이 될 수는 없을까

"나는 생각한다, 고로 나는 존재한다"

데카르트여
그대가 이 땅에 살아봤다면
그대가 갈 곳은 딱 한 곳뿐

서울구치소

씁쓸한 밤이다

돌베개

돌베개를 베고
절대 고독의 빈 들에 서 보라

아,
6000리 대장정의 장준하!

그 때와 지금

그때, 그 암울했던 때는 왠지 희망이 보였다
지금, 환한 세상인데 그 희망이 어디로 갔을까

밥(2)

밥은 우주다

밥은 공동체다

밥은 사회 속의 밥이다

천지사방에 도둑놈들 천지다

시인의 자격

살인할 능력도 없으면서 무슨 시인인가
칼을 휘둘러 오늘도 내일도 악마의 목줄을 끊어
놓아라
그대의 시는 그대의 칼
그대의 시는 그대의 사상
장롱 속 그대의 칼이라면 차라리 그대 목을 쳐라

지금,
그대가 살인할 대상이 얼마나 많은가

무소유

나는 법정스님의 고무신과 다 낡아빠진 나무의자
를 보며
내가 도둑놈 중에 상도둑놈이라는 것을 알았다
오늘도 욕심이 목구멍에 가득하다

회개 기도는 또 되풀이 될 것이다

비판(辱)

사랑을 담으면 약이 되고
미움을 담으면 독이 된다

어떤 경우든 너에게 다시 돌아온다

행복

멀리가지 마라
파랑새는 비가 새는
너의 집 처마 밑에서
너를 기다리고 있기에

교만

자기 패망의 지름길

인격

나는 나답고
너는 너다운가

인격은 무슨 인격
우리 모두는
위선의 포로된 자

사랑한다는 것

사람이 사람을 사랑한다는 것
사람이 동물을 사랑한다는 것
사람이 나무를 사랑한다는 것

사랑은 확실히 아름답다

사랑하는 그 순간 만큼은

질투

또 다른 이름, 열등의식
또 다른 이름, 경쟁의식

종착역은 무덤

어머니

새벽 정화수
그리고
애타는 새벽기도

벗

아, 얼마나 아름다운 말인가

나에겐 벗이 많다
그러나 벗이 없다

참 벗

시적 사유

한번은 생각에 취하고
한번은 진리에 취하고
그래서 사유의 길을 떠나고 싶다

나를 지키고 싶다

두려움

정신이 육체를 지배한다?

맞지만 틀렸다

육체가 정신을 지배한다?

틀렸지만 맞다

끝간 데 없이 가해지는 육체의 고통 속에 있어보라

거기엔 정신도 육체도 없다

단지 두려운 공포만 있을 뿐

이웃(1)

혼자 있어도
사방을 둘러봐도
날카로운 눈빛만 번뜩인다

모두는 제 홀로 둥둥 떠다니는 섬이다

지금

미래를 믿지 말라
너에게는 지금만 존재하므로
그래도 꿈을 꾸는가
그러면
지금에 모든 걸 걸어라

이웃(2)

현대사회에 이웃이 어디 있나

나는
지금 개하고 고양이하고 놀고 있다

나

너무 많이 가졌다
너무 많이 비겁하였다

내가 있는 한 나는 없다

아
참 나여

가난

"아부지예, 찔레꽃 안 핏든가예?"

그랬다

찔레꽃 피는 오월이 오면 먹을 것은 아무것도 없었
다

시집간 딸 걱정에 친정아버지는 딸네 집을 찾았으
나 아무것도 드릴 게 없는 딸은

'왜 지금 오시느냐'는 말을 그렇게 에둘러 하였다

찔레꽃 흐드러지게 핀 새길동산 산책길을 걷노라
니

어릴 적 찔레 순 껍질 벗겨 내게 주시던

울 어머니 생각 절로 난다

인간(3)

그 속에 신 있다

그 속에 악마 있다

인간!

어쨌든 위대하다

산다는 것의 의미

가만히 있어도 하루는 간다

그게 어디 산다는 건가

지금부터 그대의 삶에 부여된 시간이

얼마나 남았는지 셈하여 보라

무의미의 삶,

진즉에 죽은 것

나 없이 나 찾기

무적존재화(無的存在化) 시키지 않는 한 나는 공(空)

이다

무아(無我)의 아(我)

'나'의 존재근거는 여기에 있다

열등감

권력의지, 폭력의지, 명예욕,

자기살인이며 동시에 성공에의 지름길

개 짖는 소리

인간아 인간아 인간아

나의 위선

아무리 나를 포장해도
타인들은 나를 다 알고 있더라
너무 잘 알고 있더라
나만이 나를 모르고 있었더라

위선의 굴레를 벗어던질 때
그때 이웃은 내게 악수를 청하리

2부

자연이 답이다

숲(1)

테스를 범하려 했던 숲 속 그 놈이 떠오른다

숲은 음흉한가

그러나

마지막 남은 인간의 산소 공급탱크다

고리원전이 터지면 숲으로 가야겠다

숲(2)

숲의 적막

억센 빗줄기 폭탄에
숲은 죽은 듯 누워있다

오, 이 땅의 민중이여

자녀교육

방목이 최선이다
그러나 그들이 보이지 않는 저 멀리엔
울타리를 쳐야 한다

원전

체르노빌, 후꾸시마
다음은 어디인지 답이 명확하다

이젠 원시적 에너지 추구로 돌아가야 한다

미래도시

연대도는 한전의 도움을 1%도 받지 않는다
태양열, 지열
오늘도 온 섬이 팡팡 잘 돌아가고 있다

죽는다는 것

그것도 자연이다

찍소리 하지마라

죽지만 죽지 않음으로

산다는 것

그것도 자연이다

찍소리 하지마라

살지만 살지 않음으로

허무

왜 허무한가
그건 네 마음의 반영일 뿐

죽음

어제까지 계시던 어르신
오늘 보니 빈자리
죽음은 친구같이 찾아와
삶과 이어져 있구나

언젠가 다가올 나의 빈자리는
누가 이어갈까

모정

하늘에서 계속 새들이
숲속으로 화살 되어 꽂힌다
입 안 가득 벌레들

그렇구나
너희들의 자식 사랑

나는 그저
부끄러워 부끄러워

달팽이

이른 아침,

고분 능선에 걸린 햇빛 받아

달팽이 길 은빛 찬란하다

더러는 밟혀 죽고 더러는 상처 났어도

쉼없이 가고 있는 너희들은 틀림없는 나의 스승

새벽길

새벽 산책길,

눈에 잡히지 않은 거미줄이

나의 이마에 줄을 긋는다

미안하다

너는 이른 아침부터 양식 마련인데

나는 너의 솥단지를 걸어 차버렸구나

매미의 호통

나는 7년을 준비했다가 단번에 죽는데
너는 60이나 되고서도 뭐하고 있냐?

무덤

양지 바른 곳은 모두 죽은 자들이 주인이다
살아 생전 효도 못 받은 주검들이
여기도 저기도

꽃

봄날은 간다

개발

개발이 미덕인 시대는 갔다
아직도 무계획적 개발로 자연과 생태계를
파괴하는 자가 있는가
이 무식하고 철학 없는 것들이 시장이고 군수라니

생명

모든 생명있는 것들은 존귀하다
비록 미물인 지렁이라 할 지라도
그들은 때론 스승으로 때론 시인으로
우리를 살찌운다

자연

'스스로 있는 것',
이젠 이런 것 없다
인간의 탐욕은 자연생태를 절대 그대로 두지 않는
다
내가 자연 그 자체에 들어가지 않는 한
자연은 인간에게 상대적일 뿐 절대적이지 못한다

음악

내가 인산이기를
내가 살아있음을 증명하는 것
절대자에게로 다가가는 최상의 지름길

인생

쓰러진 큰 소나무
온 몸에 검버섯 꽃 피었네
한 땐 낙낙장송(落落長松) 꿈 속에
어깨 으쓱했을 텐데

가족

오글오글
눈도 못 뜬 생쥐들
너도 가족이 있구나
행복하게 살아라

자식사랑

'원장아, 누운 채로 사르르 갈란다
제발 주사 한 방 놔도라'

102세 할아버지
오늘도 자식들 생각

내 모습

너무 밝은 밤
달 아래 내 모습
천상 도둑놈이네

둑방교실

새길동산 강가 둑방길
개미행렬, 고라니, 청둥오리, 오소리 발자국---

나는 배움이 궁하면 스승 만나러 이곳에 온다

별

나는 별이 될 수 있을까

별이 되되 반짝일 수 있을까

반짝이되 누군가의 길잡이가 될 수 있을까

비닐꽃

양포교 다리 밑

폭우에 먹힌 숱한 나무들

물빠지니 가지가지 폐비닐꽃 만발

나의 무덤

서리가 만물 위에 내렸다
말이산 고분군은 하얀 모자를 쓰고 있다
저 무덤들 모두 저기 누운 자기만의 이유가 있겠지

나는 어떤 이유로 누워있게 될까

세월(1)

해가 지면 다시 오지만
내가 지면 다시 못오리

잘 살아야 한다

세월(2)

내 나이 벌써 환갑

둑방 너머 지는 해

날 위해 잠깐 서 있네

깨달음

나방아, 곧 갈 건데 뭐 그리도 나부대냐

'무슨 소리, 갈 데까지는 가봐야지'

번뜩 뜨이는 새벽 혼

도적질

산 중턱 청설모 떡 버티고 덤빈다
'더 이상 오지 마라고?'
며칠 전 도토리 주워온 것
마음에 걸린다

병든 강

양포고 다리 아래 퀭한 잉어 눈깔
지구 종말을 예고하고 있다

가을 들녘

보름달
벌써 반이나 먹혔네
이름 모를 풀벌레들의
저 왕성한 식욕

그리움

사무실 앞 벚꽃나무
청아한 청개구리 소리

누군가가 그리운 해질녘 풍경

사랑

눈꼽만한 무당벌레 한 쌍
사랑 나누고 있다
쉬-잇
걱정마라 나도 인격자니까

질문

'세상을 이기려고?'
유유히 흐르는 강물이
나에게 묻고 있다

스승 꽃

새벽 둑방길

이름 모를 꽃 하나 웃고 있다

나는 그 꽃에 절하고

내 길을 간다

3부

사유의 길

천당과 지옥(1)

너가 너무 많이 굶었구나

진보

정치 사회발전의 희망이다
그러나
진보적인 자는 때론
너무 낯가림이 심하다

나도 그 출신이다

극우와 극좌

사회분열의 주범들
한반도 영구분단의 주범들

이들은 이란성 쌍둥이다

천당과 지옥(2)

천당이 있다?
지옥이 있다?

천국은 있다

신앙심

웃기지 마라
진실로 너의 삶이 성스럽다면
제발 가식을 버려라

갈등

발전의 원천이다

그러나
적어도 이 땅에선 파멸이다

철학

철학이 밥 먹여주나
그럼 너는 짐승이 될래?
그렇다
철학이 밥 먹여준다

소리

모든 소리는 생명이고 원천이고
신의 음성이다

소리가 사라지는 날
신 또한 사라진다

현대의 신

지금 사회에 신이 있다고?

있다
그건
스마트폰

사마리아 여인

그대는 화양년(還鄉女)을 아는가
사마리아 여인은
네 누이고 네 어머니고 네 사랑하는 여인이다

돌을 던지려면 너 자신에게나 던져라

칼 맑스

그의 공산주의 사상은 누가 뭐라해도 가장 위대하
다
그러나
인간이 욕망의 덩어리라는 사실을 놓침으로서
지금은 아무것도 아니다

신자유주의

약육강식의 끝점

혼(魂)

혼이 몸이다
몸이 혼이다
누가 둘을 갈라놓으려 하는가

종교인이라는 못된 것들

사유(思惟)(1)

기계론적 세상에 생각을 한다?
그러나
생각이 없다면
인생 전체가 무(無)

예술적 가치

인간을 인간되게 하는 최고의 것

종교도 이미 그 가치를 잃었다

오로지 예술

신의 존재(1)

'신이 없다'는 것은
'신이 있다'는 자기 고백이다
무신론의 저 밑바닥에 가보라
신의 미소가 너를 맞으리

신의 존재(2)

바람의 형체를 알 수 없다

나뭇가지의 흔들림에만 있을 뿐

신이 여기있나 저기있나 찾아 헤메지만

신의 형체 또한 알 수 없다

그대가 잠든 동안은 아무런 의식도 없이

숨을 쉬는데 그것은 사실 죽은 것이나 같다

그러나 그대는 아침에 살아 있지 않은가

살아 있음에 신의 형체를 알고도 남는다

혁명가

앞선 자는 죽는다

그의 삶은 항상 악랄한 고문과 무지한 자들의 조
롱이 뒤따른다

그러나

새 시대의 장을 열어

역사 발전을 앞당긴다

교만

누워서 창 쪽을 보니
하늘이 내게로 온다
아니다
그럴리 없다

아직 나는 하늘을 맞을 만한 성숙한 인간이 아니
다

또
교만하였다

자본의 종말

이 모든 게 다(多)생산, 다(多)발전의 끝간 데 없는
욕망 때문이다
그 욕망으로 종말의 시간은 우리의 목을 죄고 있다

생각

'생각하는 백성이라야 나라가 산다'
함석헌 선생의 말씀이다
생각이 밥 먹여줄까
그렇다
생각이 밥 그 이상을 먹여준다
생각 없는 인간
생각 없는 세상
죽은 사람이고 죽은 사회다

대학

작금의 대학엔 인문학이 없다

철학적 사고보다

얼음판 김연아가 최고다

인류학적 사고보다

창업적 돈벌이가 최고다

드디어 이 땅도

죽어가고 있다

자본주의(1)

돈과 계산기가 준비되어있다

모든 게 돈이다
너의 사상까지도
너의 사랑까지도
너의 그 붉은 마음까지도

서양

서구는 동양을 밥으로
부를 누려온 점이 크다
이제 역전의 시대가 온다
교만과 폭압과 전투적 착취를 접지 않는 한
그리고
동양적 정신체계를 접수하지 않는 한
서구의 패망은 급속 페달을 밟게 될 것이다

빈곤

이 지구상의 절대적 빈곤이

우리를 슬프게 한다

권력자의 부패와 이데올로기 부재에

그 원인이 있다면

그들을 빨리 끌어내려야 한다

제도

제도로써의 법이 타락하면 인간을 구속한다

제도로써의 법이라 할지언정

인간의 궁극적 자유의지를 존중한다면

제도로써의 법 가치는 인정할 만하다

구원의 길

농경사회에서 근대사회로
그리고 현대사회로
너무 숨가쁘게 달려왔다

그 결과를 보라
이젠 우린 더 빠른 속도로 원시로 돌아가야 한다
구원의 길이 거기 있으므로

당장 원전을 폐쇄하라
당장 주식시장을 폐쇄하라
당장 대형교회를 못 박아라

자본의 교만

'일하지 아니한 자
먹지도 말라' 했다
누가 자본에 걸터앉자
노동자를 깔보고 있는가

전도

예수천당!
웅크리고 누워있는 노숙자에게 고래고래 고함지르
는 저 자는
어떤 예수를 믿을까

뺨따귀 안 맞은 게 이상타

자유의지

하나님은 인간에게 '자유의지'를 주었다고 한다
무엇 위한 자유의지인가
경제학적 자유주의와 신자유주의도 하나님이 준
자유의지인가
그렇다면 경제적 제국주의자들에게만 살아계신 하
나님일 뿐

참된 자유인

예수를 보려면 먼저 원효를 보아라
유한한 원효를 통해 무한의 예수를 보게 되리라

과학

과학의 깊이를 찾아 먼 길을 갈수록

결국 찾게 되는 것은 신이다

그 끝점에 도달해도 거기엔 신 외에 없다

이데올로기

가슴에 이것 없으면 짐승이다

그러나 거기에 묶여있으면

그것 또한 짐승이 된다

특히

분단의 이 땅에서는

침묵

하나님은 때론 주무시기를 잘 하고
때론 혀가 짤린 채 아무 말도 안 하신다

오
세월호 참사여

"엘리 엘리 라마 사박다니"

"아버지여 어찌하여 이 땅에 평화를 주시지 않으십
니까,
진정 이 땅을 죽이시려 하십니까"

죽임의 정치사회학

석가는 보리수 아래 앉아 있었다
예수는 길 위에 다니고 있었다

왜 예수가 일찍 죽임을 당해야 했는지
답이 여기에 있다

스승

손양원 목사님, 문익환 목사님,
한용운 스님, 법정 스님,

이 만큼 천진무구한 분들 또 있을까

'뜻으로 본 한국 역사'

함석헌은 피투성이 역사를 보듬고 의미 부여에 안
간힘을 쏟았다
오죽하면 하나님의 뜻까지 끌어들였을까

그는 이 땅의 스승이다

평화신학

군사독재시대의 남미의 해방신학과
유신군사독재시대의 한국의 민중신학의 태동

평화없는 한반도
또 다른 신학의 태동을 기다린다

평화신학!

천당과 천국

고은은 '천국이 없다'라고 했다
그건 틀렸다
천당은 모르나 천국은 있다

나는 나의 조국에 아직도 희망을 걸고 있다
그 희망은 내가 죽고 나서라도 계속 이어질 통일천
국에의 희망이다

혁신론자

그대들의 전위적 삶에
세상은 공짜로 먹고산다

얼

백범의 '문화 강국론'에 나는 전율한다
문화의 '문'자도 모를 그 시절에 문화를 국가 최고
의 순위에 두다니

이 땅에 통일문화
이 땅에 평화문화
이 땅에 문화의 문화

여타의 것으로 감히 문화를 견주지마라

믿음

잘못된 신앙은 자신의 무덤이다

잘못된 신앙은 아편이다

잘못된 신앙으로 결국 자신이 믿는 신을 잡아먹고

만다

주의(ism)

주의에 빠지지 마라

주의는 상대적이다

주의는 언제나 변질한다

절대적 가치로서의 주의란 없다

교리와 제도

종교에 제도나 교리가 왜 필요한가
인간의 나약함 때문에?
인간의 구원 때문에?

예부터 지금까지 교리라는 이름으로 곳곳에서 벌어
지는
일들을 보라

예수는 교리의 절대화를 뿌리쳤고 제도화로부터 자
유하였다
아니 그들과 싸우고 욕을 퍼붓고 상을 뒤엎었다

인간 욕심의 극대화를 위해 교리가 만들어졌고
끝없는 통제와 통치를 위한 교리나 제도의 수단화는
지금 작동하고 있다
예수만 바라보라

종교적 맹신

나치보다

독재보다

더 무섭다

결국

자기가 믿는 하나님마저 죽여버린다

예술

합법, 비합법을 불문하고
그 행위는 무죄여야 한다
아니 합법, 비합법의 잣대마저 댈 수 없다
정신세계를 통제하려는 그 어떤 권력도 반드시 망
해야 한다
인간이 인간이기를 목놓아 외칠 수 있는 길은
예술만이 유일하다

시대가 하 수상할수록 예술적 언어나 예술적 행위
는
그 진가가 발휘되어야 한다

하늘이든 땅이든 구름이든 바다든
제 맘대로 쏘다녀야 한다

예술은 그 자체가 모든 것으로부터 자유이다

물질

물질은 나쁜 것이 아니다

단지 자본과 결탁할 때

물질은 우리의 목을 옥죄는 칼이 된다

비극

생각이 어디갔나

철학이 어디갔나

기초없이 세워진 집들이 이 곳 저 곳 늘어나고 있
다

인문학의 퇴조가 그 증거다

사유의 무덤은 날로 그 영역을 확대해 나가면서

죽음으로의 여행 행렬만 가득 채우고 있다

현 시대의 비극이여

공동체

어쩌면 인간성 유지와

가족 개념의 최후 보루가 될지 모른다

그런데 여기 속하기를 너무 꺼리고 있다

자기 성(城)을 깨버린다는 것이

99% 불가능한가 보다

평화

평화 없이
나도, 너도, 우리도 그리고 조국도 없다

특히
한반도의 미래도

사유(2)

생각이 어딜 갔나
사유함이 있다면 세상이 이토록 건조할까

죽은 사회를 위하여
곡(哭)!

역사(1)

E.H. 카나 토인비 등의 역사학지는 말했다
'역사는 발전한다'
'역사는 반복한다'
'역사는 도전과 응전이다'

그러나 '역사는 그저 그렇다'
무슨 의미 부여인가
과학의 발전과 진보하는 문명과
인문학의 발전과는 무관하게
전혀 엉뚱한 곳으로 나아가는데

이 땅에서는---

축소된 예수

예수는 종교를 만들지 않았다
바울은 예수를 축소시켰고 특정화시킴으로써
기독교를 삼각형과 사각형 속의 예수로 만들어 버
렸다

기독교의 왜곡은 여기에 있다

'한국적 기독교'를 보라
'한국적 민주주의' 운운하면서 세계의 조롱거리가
되었던
유신헌법을 보는 듯 하지않는가

종교개혁

마틴 루터나 쯔빙글리, 칼빈의 시대정신은
기독교가 기득권 권력층들만의 것이 되어서는 안
된다는 것이었고 성서로 돌아가자는 것이었다
지금 한국교회를 보라
예수를 십자가에 못 박지 못해 허덕이고 있는 소위
이 땅의 종교지도자들

중세기 역사 속에 잠들어 있는 종교개혁은 관(棺)
을 부수고 이 땅에 와야 한다

외로움

케에르케골은 고독을 '죽음에 이르는 병'이라 하였다

그러나 고독은 때때로
실존의 본 모습을 비춰주는 거울이요
나를 찾아주는 고마운 벗이다

천당과 지옥(3)

네 마음이 생산 공장이다
다른 생각마라
그것은 항상 삶의 현장에 있다

적당히 살고 저 세상 가서
보상 받을 생각은 아예 마시라

고타마 시타르타

우리 인류에게 철학적 사유 속에서 길을 찾게 해
준 이가
석가 외에 누가 또 있는가
온 인류가 그의 탄생을 축하하고
예를 표하는 것은 마땅히 해야 할 인간의 도리이다
그는 모든 인류의 큰 별이요 스승이다

예수

그는 분명 둘 중 하나다
정신병자이거나 하나님이거나

그의 공생애 3년을 보라
누가 그토록 짧고 굵게 산 이가 또 있는가

혁명가요 평화주의자요,
박애주의자요, 민중의 참 벗이요,
사랑 그 자체 아닌가

그는 인간 영역을 벗어난 분이다
그래서 그는 하나님이요,
우리 인류의 메시아인 것이다

시를 언제 쓰세요?

아가야 까르르 웃음 볼 때?
저녁놀 붉게 내 마음 물들일 때?
꽃잎이 쪼로롱 진주방울 매달 때?

나는 어느 놈이 국민을 등쳐먹는 정치를 하거나
선혈 붉은 역사를 팔아먹을 때
연필을 칼끝으로 세워
창 찌르듯 시를 쓰지

4부

같이 걸어가기

자본주의(2)

인간의 욕심은 어디까지인가
욕망의 끝점인가

공산주의

인류를 구원할 것인가
허황함의 끝인가

사회주의

복지국가론의 근간이요 공동체의식이 그 밑을 받치
고 있다
인류 마지막 대안인가

갑자기 쿠바를 가보고 싶다

무의미

그냥 하루가 갔다
그냥 그냥

평화 없는 한반도가 그렇다

정치인

위대하다

그러나 극히 일부를 제외하고는

하등 동물로 변해버린 지 오래다

특히 한국에서는

땅따먹기

김일성-"연변을 우리 영토로 양도하라"
모택동-"내 심장이든 내 눈이든 다 주겠다
        그러나 영토는 티끌 하나도 안 된다"

왜 일본이 독도를,
왜 중국이 티벳을 놔주지 않는지
큰 놈들은 항상 뱀 목구멍이다

우파와 좌파

사회와 역사 발전의 원동력이다

극우파와 극좌파

사회와 역사 발전의 암(癌)이다

진실

지금까지의 진실은 밝혀졌거나 밝혀질 것이다

지금까지 밝혀지지 않은 진실은 단지 잠자고 있을

뿐

특히 군사독재시절의 한국현대사에 있어서는---

시는 생명

요즘 나는 시 때문에 살고 있다

귀태(鬼胎),
저 더러운 권력

요즈음

내게 시적 사유마저 없다면
딱 죽을 맛이다

모양만 달리한 저 놈의 쿠데타

국가

힙법적 폭력집단,

나는 가끔
무정부주의자가 되고 싶은
유혹에 빠진다

수성(獸性)

미국과 서구에서 예수의 사랑을 계속 지껄이다니
이건 넌센스다
우선 식탁의 나이프와 포크, 그리고 독점 소유의
핵무기부터 없애라
날로 맹수적 포악성이 확산될 뿐,
거기서 무슨 사랑타령인가

민족주의자

날 욕하지마라
쪼개진 이 땅이 하나될 때까지는
난 철두철미 민족주의자다
평화도 정의도 경제도 인권도
글로벌시대도 자유도
정치발전도 역사발전도

보라
분단이 이 모든 것들을 다 잡아 먹고 있지 않나

안목

이승민은 나라의 힘을 미국에 편입되어 구하고자
했다
김구는 나라의 힘을 질 높은 문화에서 구하려고
했다

역시 차원이 다르다

한반도

이 땅에 널부러진
쇠붙이 또 쇠붙이
무거워 무거워 숨통 막히네
언젠가 꽃 한송이 도둑같이 찾아와
삼천리 꽃으로 수놓게 될까

민초

숱한 풀잎들이 고요하다
시샘 많은 바람에 풀잎들 모두 눕는다
그러다 다시 제자리
쉼 없이 반복되는 모습

그렇다
악한 권력을 몰아내는 답이
여기에 있었구나

미친 굿

오늘도 서울시청 광장엔
군복입은 돌격대들이
사복입은 리모콘들에 의해 졸개 노릇하면서
눈에 쌍심지 켜고 있다

극우의 굿판
누구의 가슴에 칼 꽂기 하고 있나

조직의 건달성에 대해

조직이 건달 세계에만 있다고 착각마라

법관도 목사도 스님도 국회의원도 장차관도

일단 조직에 빠지면 개가 된다

조직의 논리에 이성을 기대하나?

열중 쉬엇, 차렷

철저히 조직은 상식 위에 앉아있다

정의

정의가 승리한다고?

그렇다

틀림없는 말이다

굴곡 많은 한국 현대사에는

피투성이 되고 얼룩진 정의가

곳곳에 있다

그래도 정의는 정의로워서

끝내는 승리하리라

어느 노숙인의 정치토론

서울역 지하계단

두 노숙인 티격태격 토론 붙었다

"요새 맹박이는 뭐하노?"

"근혜는 와 두환이 한테 받은 돈 안 내놓노

우리나 좀 주지"

꿈도 야무지서라

오늘 저녁은 어디서 해결하시려나

역사왜곡

역사를 독짐 왜곡 하려는 아류 권력층을 경멸한다
요사이 나온 〈한국근현대사〉 교과서를 보라
미친 자들은 결코
정신병동에만 있는 게 아니로다

정치 모략배

꽃피고 열매 맺는 곳만 찾아다니는 외눈박이

어느 것이 더 문제인가

종일(從日)이냐, 종미(從美)냐, 종북(從北)이냐, 종박
(從朴)이냐

나는 말한다
모두가 문제이고 모두가 나쁘다
'좋다' '싫다' '옳다' '그르다'는 말이 되지만
'따른다' '복종한다'는 것은 깡패 근성이고 짐승 근
성이다
우리가 따르고 복종하는 대상은 오로지 자기가 신
앙하는 신 뿐이다

나의 꿈(1)

남녘 북녘 활짝 열린 대문
산놀이 물놀이 휘젓고 다니는 꿈

나의 꿈(2)

총보다 꽃으로 싸우기

대박론

"통일대박"-아무리 생각해도 틀렸다
"평화대박"-이게 답이다

학살

캄보디아 폴포츠 정권 아래 이유없이 죽어간 숱한
해골 보았다
대한민국에도 바다와 산천에 학살된 채 구천을 헤
메고 있는 해골들 부지기수다

현대사의 인물기록

이승만과 4.19혁명

박정희와 유신독재

전두환과 광주학살

김영삼과 하나회

김대중과 노벨평화상

노무현과 지역구도 타파

이명박과 4대강

박근혜와 불통

역사는 인물에 대하여 하나만 기억시킨다

2014. 4. 16.

아이들아 미안하고 면목없다
욕심이 목구멍까지 찬 우리 어른들이
너희를 죽였어

서해바다

서해에 왔다
내 맘에 그려보는 하이얀 돛단배

조국 바다에 평화는 언제쯤?

어느 노 교수

70-80년대 존경받던 젊은 교수

80-90년대 이리저리 휘말리며 정치꾼 되더니

2014년 지금, 종편에 나와 달변가답게 말 팔아먹고

있다

잘 살아야 한다

모순

오늘 이 시간도 하루 1만9천 명의 어린이가 굶어서
죽어가고 있음
오늘 이 시간도 하루 부지기수가 배터져 죽어가고
있음

이 무슨 놈의 조화인가

시장의 논리

시장의 논리와 소비
그리고 사치에 찌든 여인
끝없이 물고 돌아가는
영원한 돌림노래

패권과 패망

미국의 힘도 중국의 힘도 일본의 힘도
종착역 없이 달려가는 욕망의 외뿔소다

사망에 이르는 길, 빨리 멈춰라

참된 혁명

혁명이 꽃을 피우면 반드시 그 꽃을 소유하고 싶어
진다
그 유혹을 떨쳐 버리고 싶은가
그러면 체 게바라를 만나라

착취

착하게 땀흘려 일하는 자들 있다

저 쯤에 징그러운 웃음 흘리는 자들도 있다

권력의 속성

순수가 지나치면 죽게 된다
아니 그를 살려두지 않는다

한국적 상황에서의 대통령 마저도

아나키즘적 사고

때론 그립고 때론 깊이 빠진다

남녘 북녘에 깊이 드리운 구름을 보면
유혹은 깊어져 간다

미국

전쟁놀이로 먹고사는 나라가 있다

그 나라는 모두에게 형님이요, 아버지요, 경찰이다

우린 그에게서 속절없다

섬

외로운 섬은 독도만이 아니다
사면이 바다인 대한민국 전체가 섬이다

막혀있는 3.8선을 보라

장사치

어느 시인의 시어(詩語) 배치는 이 땅에서 최고다
그러나 일제치하부터 해방 후 바뀌는 정권 때 마
다
시류(詩流)의 배를 타고 그 좋은 시(詩)를 팔아 배
를 채움으로서 걸레가 되어 버렸다

잘 살아야 한다

신제국주의

시금 제국주의가 어디 있냐고?

웃기지마라

모습만 달리할 뿐

여기 저기 그리고 거기

18세기 괴물보다 더 괴물스럽게

동토(凍土)와 경토(硬土)

"북한은 얼어 붙은 나라"

"남한은 경직된 나라"

(구글의 에릭 슈미트 사장, 2013년 남북 동시 방문
후)

남쪽이 조금 낫다는 말인가

도토리 키재기란 말인가

늑대 소년

"북한의 핵무기 위험 방지 위해 한반도에 사드 배치
필요"

허허 참
아가야 손에 과자 뺏어 먹기하고 있네

남북대치

하나님,
언제쯤 큰 가슴 주시렵니까

우리 민족

이 땅의 경제발전, 누구 덕인가

소련의 라즈돌로예역에 가보라

중국의 연길에 가보라

무에서 유를 창조해낸 얼굴들 있다

이 땅 모든 이에게 창조의 DNA가 있다

악법

'악법도 법이다'
독배 마신 소크라테스는
그 시대의 형식적 법 논리론자들의 희생자일 뿐

유신헌법에 죽임당한 채 독배 마신 자들을 보라
형식논리로서의 법 정신과 실질적 논리로서의 법
정신 사이의 괴리

'악법은 법이 아니다'

공분(公憤)

무엇을 향한 분노인가

정치사회학적 분노
이것 없는 사회는
이미 죽은 사회이다

언론

기본적으로 장사다
그러나 그것만이 목적이면
진작에 찌라시다

이 곳 저 곳에 찌라시가 많다

보도연맹

함안 괴항마을 두 할머니

순개할메(86세): "---밸시리 빨갱이도 아인데 직이삐
데. 시대 못 타고 나서 고마 다 가삣다 아이가."

권임할메(87세): "보도연맹이 먼지도 모리는데 주구
가 안들먼 안댄다 캐놓고 말키 잡아 직이삐데. 아
이고 몸서리야 진짜 마이도 직이삣다."

지역감정

이것만은 반드시 살려놔야 한다고?

왜?

굶어 죽을 것들을 위해

재래식 변기통 여의도 1번지

정치적 존재

'인간은 사회적동물'이고 환언하면 '정치적 존재'이
다
두 명 이상 모이면 정치적 행위가 시작된다
인간은 철저하게 사회적이고 철저하게 정치적 속성
을 지녔다

나는 비겁하거나 기회주의자가 되기 싫다
정치적 존재로서의 인간
여기에 단 한 발 짝도 벗어날 수 없기에

주권

국가의 3대 요소인 국민, 국토, 주권
오늘날의 국가조건은
주권 같은 건 없어도 되나 보다

젠장 맞을

세계화

아프리카에 가서 물어보라
아시아나 남미에 가서 물어보라
누굴 위한, 무엇을 위한 세계화인가

이제 그만 좀 빨아 먹어라

주인의식

주권이 없으면 아무것도 아니다
개인의 주권도
단체의 주권도

오늘날 주권없는 나라도 있다

이런 비극이 있다니

국가

도대체 국가란 이름으로 얼마나 많은 사람들을 희
생시켜 왔는가
형편없는 국가일수록
국가라는 이름을 앞세워 살인, 도둑질, 강도질, 투
옥--- 그 죄악상은 엄청나다

합법적 폭력집단으로서의 국가
과연 그 자체가 목적이 될 수 있단 말인가

인간(4)

인간이 개보다 나은가
그래도 개는 등에 칼을 꽂거나
자식을 버리거나 굶기는 일이 없다

'개보다 못한 놈'이라니
개를 모욕하지 마라

욕심

이고 지고 들고 안고
뱃속 가득 넣고 또 입에 물고

넘어져서 죽든 배 터져 죽든
모든 것 움켜 쥔 채

너는 결단코 죽으리

그 때를 아시나요

1960년, 70년대 없는 단어들

자살, 이혼, 살인, 명퇴, 독신, 환경, 생태

CCTV, 차량블랙박스, 청년실업, 일용직----

지금, 우리 잘 살고 있나?

절대다수

민주주의는 선거 제도로서 꽃을 피운다

다수의 힘

절대 다수의 힘이 정의이고 답이고 민주적 가치인

가

절대 다수의 힘은 때론 반동적 역사를 가져오고

그 힘으로

모든 국민을 기만한다

유신시대의 2359명의 '통일주체국민회의' 대의원들

을 보라

그들은 장충체육관에서 99.9%의 찬성표로 대통령

을 선출함으로써

민주주의란 이름으로 민주주의를 말살시켰고

민주주의란 이름으로 국민을 종으로 만들었고

민주주의란 이름으로 감옥을 가득 메웠고

민주주의란 절대 다수의 힘으로 종신대통령제를

만들었고

아프리카에도 없는 제도로서

전 세계에 조롱거리가 되면서끼시

영구집권 유신 왕조체제를 만드는 데 공헌했다

그러나

그들은 모두 죽었고

역사의 뒤안길로 흔적없이 사라지고 말았다

절대 다수라는 이름과 함께

동맹군

극우세력과 친일세력

빛고을

대한민국 정치의 최후 보루

대한민국 민주주의의 최후 보루

대한민국은 최후의 보루를 가졌기에 절대 망하지

않는다

국가의 존재 이유

1980. 5. 18 광주학살
국가가 국민에게 절대 해서는 안 될 짓을 한 사건
2014. 4. 16 세월호 참사
국가가 반드시 해야 할 일을 하지 아니한 사건

빨갱이장사

대한민국 거리 곳곳엔
중세기 마녀사냥 장사치들이
좌판을 벌려 놓고 있다

'히히, 돈벌이엔 이게 최고여'
어떤 이는 퉤퉤 침 발라가며 반나절 벌인 돈을 벌써
셈하고 있다

역사(2)

남의 것 빼앗기

내 것 지키기

역사가 발전한다고?

발전하는 건 투쟁의 방법만이다

아

지금의 한반도

전체주의

개명 천지에 무슨 전제주의?

속지마라

모습만 달리할 뿐

아주 가까이에 괴물은 있다

자살

구조적 문제를 잘 보라

가정이든, 사회든, 경제든, 정치든

우리는 방조범이 아닌가

*대한민국, 자살률 OECD 국가 중 세계1위

무기

현대의 무기는
강대국 경제논리의 총집합이다

소위 큰 나라들을 보라
특히 *군산정복합체가 철옹성인 미국을 보라

---

*군산정복합체: Military-Industry-Congressnal Complex

귀족

중세 어느 왕조체제의 유물이라고?
미안하지만 지금도
이런 귀족 저런 귀족 많다

저들만의 세계는 공고하다

선과 악

당연히 선하기를
그러나 때론 선과 악에는 순수와 위선이 숨어있다
위선자(僞善者)는 있어도 위악자(僞惡者)는 없다
어느 쪽이 순수한가

제도

법전은 얇을수록 좋고
올가미는 풀릴수록 좋다
제도라는 이름으로 얼마나 많은 사람들의 인권이
짓밟혀 왔는가

오
자유

종편

누군가는 커튼 뒤에서 샴페인을 터트리며
히히덕거리고 있다

지식인

때로는 지식의 반사회적 도구화

때로는 병든 사회의 지름길

양극화

열심히 군불 지피고 있다
양극화만이 먹고살 길이다
이 땅에 이것으로 먹고사는 자들 많다

지식과 지성

오, 지식의 풍요함이여
오, 지성의 결핍이여

악계(惡計)

자본주의는 경제적 용어이나 정치적 정체(正體)는
민주주의와 동일시하고 있다
민주적 정체와 자본주의적 경제체제를 가진 초강
국 미국을 보라
군산정복합체의 구조적 딜레마에 빠져있는 미국은
경제적 전체주의를 지향하는 '세계화'를 무기로 무
한질주 하고 있지 않는가

오
현대판 파시즘이여

이웃에 대하여

옷 한 올, 쌀 한 톨, 벽돌 하나 만들지 못하면서
우린 다 누리고 산다
작은 도둑놈 큰 도둑놈 차이만 있을 뿐
우린 철저하게 도둑놈들이다

하나도 누리지 못하는 네 이웃이 있다는 것,
그것마저 모르고 틀어쥐고 있다면
너는 도둑놈 중의 상도둑놈이다

혁명과 반동

혁명의 깃발 펄럭이는 곳에
반동의 깃발 또한 펄럭이네

오
빛나는 항일혁명과 해방 후의 이 땅

초판 1쇄 발행 2015년 11월 5일

지은이   이상익
펴낸이   구주모

편집책임   김주완
표지·편집   서정인

펴낸곳   도서출판 해딴에
주소   (우)630-811 경상남도 창원시 마산회원구 삼호로38(양덕동)
전화   (055)250-0190
홈페이지   www.idomin.com
블로그   peoplesbooks.tistory.com
페이스북   www.facebook.com/pepobooks

ISBN   979-11-955537-2-3 (03800)

이 도서의 국립중앙도서관 출판예정도서목록(CIP)은 서지정보유통지원시스템 홈페이지
(http://seoji.nl.go.kr)와 국가자료공동목록시스템(http://www.nl.go.kr/kolisnet)에서
이용하실 수 있습니다. (CIP제어번호 : CIP2015027555)